刻の長さ

ときのながさ

中山博史歌集

青磁社

＊目次

I

II

III

中山博史歌集

刻の長さ

I

尼崎

独り居

防人はおのれで紐を繕ひしとボタン付けゐる独り居の夜

小夜更けて海苔一帖を切る部屋に音と香りと我一人あり

日に一度インターネットで会話する君の面影遠くにありて

カーテンのわづかに揺れる心地して覗けば窓に満月を見る

独り居の夕食前にずんだ餅冷蔵したるを一つだけ食ぶ

春

三人の子を乗せ自転車走らせる母は大きな声で話せり

春の朝ひかりあふるる公園に自転車習ふ修道女あり

息子より譲り受けたるスニーカー春の陽浴びて足元かろし

公園に遊ぶ鳩さへ恋のときわれは一人で昼飯を食ふ

花色の菓子舗のまへにさくら餅くさ餅ならび春はそこまで

夏

公園の木蔭に蚊取り線香を焚きて本読む媼がひとり

書きくれし地図をたよりに歩き出す暑さの残る駅前通り

古書店に富松《とみまつ》神社の場所を聞き富松《とまつ》神社と教へくれたり

歩くには遠すぎますと言はれたり富松神社へまだ道半ば

夕闇の薪の炎風にゆれ白き小面《こおもて》にほんのりと紅

白幕に支度終へたる俊寛の影うつりをり薪の爆ぜる

秋

人気なき暗き裏道自転車の乙女は大きな欠伸して過ぐ

群青の空に夕焼け残りたり八百屋の電灯明るさを増す

成果なき一日暮れて帰りみち路傍に小さき蟋蟀の声

晴れの日は北に向かつて歩きたし欅並木のもみぢ見ながら

公園をひとり媼は散歩してうしろに組む手のもみぢ葉二枚

もみぢ葉を避けて歩める足裏にどんぐり鈍き音をたてたり

冬

冬のバス曲れば光の飛び込みて向かひの乙女ふいに目を開く

ガード下の毛布に包まり寝る男薄目を明けてこの世を覗く

冬の朝老人ホームに弔ひの立て札ありて北風ゆする

踏切りに待ちたる夕べ菓子の香の流れ来るなり今日は西風

公　園

公園のベンチに昼飯食ふ男すずめ五、六羽に囲まれながら

空き缶を積みたる自転車横に置き男はベンチに春の陽を浴ぶ

公園の幼児《をさなご》ふたりじわじわと距離を詰めあふ顔みつめつつ

公園にトロンボーンを習《さら》ひゐる乙女ためらふ人通るたび

公園のマリーゴールドこんもりとゴッホ色して秋の陽を受く

フウの木は楓《ふう》と書くなり楓《かへで》ほど紅葉《もみぢ》すれどもかへでにあらず

冬晴れにけやきの影をみあぐれば肺の血脈の透けるを見せる

寮

寮なれば野菜の煮付けも煮魚も白湯にすすぎて塩出しをする

窓の下大きなくしやみの通り過ぐ月明るくて今日寒の入り

シャドネーのやうなりグラスにたつぷりの黒酢を今夜も薬ならばと

月曜日10％の割引にカットサラダと牛乳を買ふ

ごぼごぼと温水器の沸く音聞こゆうたた寝さめる午前二時前

洗濯は火曜日がよし寮に住み六年過ぎてこの頃思ふ

洗ひ場にワイシャツ一枚忘れたり取りに戻れば拗ねた形に

眠られぬ夜に記憶の畑暦ひもときめくる六畝分を

効くもんかと言ひつつ去年も置いてゐたゴキブリ団子の黄色くなりぬ

福知山線脱線事故

退社時に事故現場の踏切りを渡る。

犠牲者の百六プラス一名の一の家族を思ふことあり

献花台前の警備の引継ぎは敬礼二回声の聞こえず

階段に灯りを点けてマンションは線路の脇に人住めぬまま

単身

名古屋から帰るか名古屋に帰るのか大阪にはや六年を過ぐ

あの青きネオンを「ひかり」の窓に見るまた独り居の大阪である

東京の出張途中午前九時名古屋は家族の動き出すころ

寝つかれぬ夜に気づけばいつよりか食ひしばりゐるあごの重さよ

ヘッドフォン片側外せば気の抜けたビールのごときシンフォニーなり

春雨と言ふには強きを床《とこ》に聞き昨日見て来し紅梅思ふ

単身を終へて挨拶する人の弛みし口元夜に浮かびくる

単身の地に赴くリュックの重けれど短歌の本と果物入れて

日に一つ果物食べむと単身のリュックに林檎五つを入れる

スキーにて転がり落ちしはあの辺り伊吹の山を新緑おほふ

水張田にうつる近江のさかさ富士ゆらめく茜に影を濃くする

大阪の駅にディーゼル機関車のけむりただよひ故郷を嗅ぐ

窓を打つ時雨聞きつつ長下着出して我が冬今宵始まり

菜園

春

ゐんどうの畑の雑草除かむと屈めばスミレの小さき芽二つ

大根の種蒔き終へてヨシと立つ春青空に一筋の雲

菜園の大根一本盗まれて穴と足跡残してゆけり

大阪へ戻る時刻を気にしつつあと一畝と鍬振り下ろす

二週間戻らずをればトマトには太き脇芽のむんずと出でて

秋

秋野菜植ゑむと耕す土のなか取り残したる春ジャガひとつ

菜園に蒔きたる二十日大根はアメリカ産なり一列を蒔く

台風に倒れしトマトを引き起こす赤き実二、三残りてゐるを

畑暦つくりて菜園休ませずピーマン抜きてゑんどうを蒔く

みみずを欲る百舌一羽来て友のごと耕し終へる我を待ちをり

耕すを待ちゐる百舌よ意地悪と思ふな大事なみみずはやれぬ

振り下ろす鍬を休めて振り返るやはり来てゐるうしろに百舌が

土手に生る南瓜の主の知れぬまま大きくなりて今が採りごろ

父の死

元旦は父の命日である。初詣を終へて躑躅ケ崎霊園にまはる。

鳳凰《ほうわう》三山を眺められるとこの墓を父は買ひたり病む二年前

手の甲にしみの出でたり我が齢に逝きたる父もしみ多かりき

四十年経ちても父の身罷りし記憶のわづかも薄れてをらず

授業を終へてそのまま帰省。

盆を持つ母の手細かく震へをり小さき声で「泣かずに聞け」と

「お前には言へなかつた」と母の言ふ「癌は取れずに縫ひ合はせた」と

下を向きぢつと耐へても涙だけぽろぽろ落ちる畳の上に

スプーンに一杯だけの砂糖水これなら飲める「ゆつくり飲んで」

聖誕祭三日の過ぎて水さへもむせて飲めなくなりてしまひぬ

ひと匙の水さへ父は受け付けず小さく言ひたり「食欲はある」

北風が窓をがたがた鳴らす夜は魔物が来ると母の言ひたり

一瞬の出来事なれば朝毎に見舞ふ姉らも間に合はざりき

寒くてはかはいさうだと湯たんぽを布団に入れて伯父に叱らる

四日朝雪の積もりて弔ひの長きを兄と立ちつくしたり

母の死

昭和天皇と同じ病で後を追ふやうに。

兄からの電話「母さんが人工呼吸器だけで生きてる」

病室に入ればひとり兄のゐて人工呼吸器の吐く音のする

生きてゐる　握ればぬくき指先に言ひ聞かすなり慰むやうに

「使ひたくない言葉だが脳死」と告げらるる意識のないといふだけでなく

年度末なれば締切期限の迫る仕事がある。

三日すぎなにも変化のあらはれずそろそろ気になる仕事のことが

明日《あす》名古屋に一度戻ると言ひ出せば涙止まらず　ごめん母さん

朝ごはん終へて荷物をまとめてた　心臓停止の知らせ来た時

はうたう

幼き日母とつくりしはうたうは米足りぬ日の楽しみなりき

教室に貼られてありきと友の言ふ我の一言「母は塩なり」

飴を噛む吾の傍へにうたた寝の母つぶやきし「石があつたら出しな」

「今年こそ」春の来るたび十二色そろつたえんぴつを母にせがみき

抽斗のはさみに母が内職のセロテープの跡かすかに残る

夜食にと母の作りしはうたうは南瓜がとろり味噌あぢなりき

はうたう　山梨の名物麵料理

妻

我が熱の下がりたる朝妻の声の大きくなりぬ正月四日

これからはゆつくり生きろと妻の言ふあと四十年もゆつくり出来ぬ

折りたたみ傘を鞄の奥に入れ君が差し出す傘に入りぬ

にはか雨君とひとつの傘に入り左の肩の濡れるを言ひ得ず

窓のまへキウイの蔓に鳥の巣の見えると妻の弾みたる声

「ジャガイモとサトイモどちらが煮えやすい」答へずをれば妻に叱らる

おばんざい

来週は仕事で名古屋に帰れぬと京都の春に妻を誘《いざな》ふ

新幹線乗換へ口に会ひてすぐ別れる時間の相談をする

生き様の数多と言へど両親の離婚を願ふ絵馬見つけたり

九條家庭園を訪れる。

閉門のわづか前なり拾翠亭《しふすいてい》を訪へば十分留守番せよと

拾翠亭二階座敷に寝ころべばきりゐのやうに丁子《ちやうじ》七宝

おばんざい料理を食べむと彷徨ひて食べたる夕食湯豆腐料理

妻と会ひ妻と別れて帰り道一人の部屋の冷たさ思ふ

穴子天丼

どんぶりに頭と尻尾をはみ出した穴子天丼昼食に食ふ

ざる蕎麦のわさびが鼻につんときて圓生の顔思ひだしたり

下戸なれば大吟醸と料理用パックの酒の違ひ分からず

魚焼く匂ひは我を捉へたり前世のあらば我は何者

腰からうへ暖簾に隠し男らは屋台に並ぶ土曜昼時

体重を減らせば必ず体脂肪増える表示の数式いかに

女男《めを》のボタン押し違へれば体脂肪に八パーセントの差を示したり

血圧を下げる努力の実らねば薬一錠増やしてもらふ

大腸の検査待つ部屋にただひとり身を固くしてＢＧＭ聞く

毛筆を習ふと決めて筆の二本、墨と硯をまとめて買ひ来

気に入りのからしの色の靴下に小さき穴あり爪出でて見ゆ

ストレッチ一回二回と手の伸びるどこまで伸びる床まで届け

我が腰の肉付きどこか覚えあり　さうだルノアールの裸婦図に見たり

土色に萎む男が我なりと鏡に気づき夢から覚める

ギロチンに首の切られし夢の覚め刃の冷たき感触残る

迷惑をかけたお客が夢に出てやあまた会つたなと声を掛け来る

我のゐる場所の重力消し去りて秋の空へと吸はれてみたし

踏み出した先に一匹蟻のゐて空足踏みたり一段下へ

クニヨシ

米国は理想にあらずや国吉康雄《クニヨシ》の描きし「夢」の暗き色合ひ

断頭の馬は画中に跳び上がり戦勝祝へぬクニヨシの見ゆ

戦後とふ棘抜けしのちクニヨシの色合ひ変はれど翳あまた見ゆ

死の床にありてクニヨシのなほ望む市民権の夢まだ拒む法

桜

桜にはにほひのなくてよかつたと毎年思ふ満開のころ

足元に桜ひとひら飛んできたあたりに桜の見えないここに

歩道橋に張り出す桜の花房の掌《て》に触れたればしつとりとして

土間ぢゆうに残りてゐたり靴形の泥でよごれし桜花びら

この春も桜見せたし歌を詠む義母の力を呼び戻せぬか

散りはてるまではこころの落ち着かず開花満開花散らし雨

花びらを押し出すごとく桜木に若葉出でたり春の真ん中

絵巻展

四条より七条までを歩きたり地図には二キロ足らずとありて

正面に八坂神社の朱を見て花見小路の通りはいづこ

五月末陽ざしは初夏を飛び越せり清水坂の若葉色濃し

待ち時間三時間なり「どうします」切符売り場に問はれてもさあ

「夕方になれば空《す》きます」閉館の六時は夕方から何時間

行列の後ろにつきて待ち時間二時間半のプラカードあり

入口の近くは混み合ひますと言ふ展覧会の不思議の一つ

「肩越しに二列目からでも見れますよ」案内のひとの言つてはゐるが

うす紅の京菓子ふたつ購ひて小さき箱に入れてもらひぬ

京菓子を買ひて財布を確かむる百円一つと帰りの切符

作業着

作業着に着替へて職場へ入りたり兵士のごとく背筋伸ばして

定時過ぎ机の中のクッキーを四、五枚食べて残業に入る

焦点のボケたる話を聞かされて納得顔する処世術なり

昼休みインターネットにイチローの安打の数をまづ確かめる

テレックスそんなものも有つたつけ無駄字省けと指導を受けた

初めての翼を手にした恐竜は何を求めて飛んだのだらう

巣立ちせし雛を探して電線に百舌は鳴きをり二日目の今日も

光より速く宇宙は広がると聞けば見えざるはてしを思ふ

ほんたうに人は滅ぶか『アフターマン』読みつつ夜に息深く吸ふ

恐ろしき鬼の裔《すゑ》かも掌の三人飲みこみ演壇に行く

紀三井寺に。

文塚はまひご郵便の供養塚八十円の切手の貼らる

窓のした入道雲の数多立ち原爆雲のまぎれてゐぬか

ちつぽけな地球なんです戦争をあなたの辞書から消してください

金賞を取りたる牛は肉になりしと連絡の入る牧場主に

投稿

投稿の葉書出さむと回り道丸いポストは日溜りの中

投稿にインターネットは使はない紫陽花ぬれてしつかりと青

「地下足袋」と柊二の歌をパソコンに入れて気づけり古き言葉と

定型を守る知恵から生まれしか背《せ》とも背《せな》とも背《そびら》とも詠む

『丹生都比売《におつひめ》』に惹かるる言葉数多ありメモ記しつつ二夜を読みぬ

図書館に借りたる本に手紙あり歌会へ友を誘ふ言葉の

三年間歌稿記したメモ帳をなくして残暑の一日終はる

故郷

送り来し葡萄の箱の紐解けば遠き故郷にはかに近し

山をぬけ漁り火のごと見えてくる甲府盆地の灯りなつかし

日本に特急の停まる無人駅いくつあるかと特急を待つ

帰省する道にありたり我のみの標《しるべ》の橋よ故郷ちかし

人羅さん

通ひたる外科の院長人羅《ひとら》さん京都の北の地主さんの子

はじめての散歩に子犬の見たるもの顔のまへ過ぐ白きひらひら

土手の草刈られてあれば野良猫の五匹の群れてあからさまなり

電車待つ向かひのホームの看板の「春日住建」やはり気になる

朝六時老い人ひとり帚持ち掃除してをり車椅子にて

進入を禁止されたる裏路にバックして入る車ありたり

満員の電車にをさなら抱きあひてホームの下をそおつと覗く

エンジンを切りて信号待つバスに新聞折る音咳《しはぶ》きひとつ

バスのなか紙折る母の指先に幼き眼ぢつと動かず

幼児のおしやべりふふふ通勤のバスに和みの波を広げる

雪の夜に一人電車を待つホーム線路は闇に黒く延びたり

レジのまへ母に抱かるる嬰児《みどりご》の笑みに覗けり白き歯二本

ばあさまの八百屋に閉店時刻なし暗くなつたら店閉めるだけ

歩道橋できたら歩道はなくなると待合室にしはがれる声

吊り輪もつ腕の血管うかび出で動を待たせる静二秒間

コンビニに競馬新聞買ひし男酒の匂ひを残してゆけり

見慣れゐし商店こぼたれ一ヶ月店のかたちを思ひ出だせず

クーポンを持ちて行きたるレストランすでに酒場に変はりてゐたり

ひかがみ

階段を先行く乙女のひかがみに血管青く一本の透く

前を行く少女は右へ左へと水溜り避く雨の朝に

娘四人降りれば電車の静かなり　あれは90デシベル以上

友達とわらふ口もと手にかくし少女ははつか乙女にかはる

太陽に透かせて見たりカナリアの卵のなかの初めての影

透明の一つの傘に歩きゐる男女はくらげの姿にも似る

北斎の青

浮世絵に絵師の名のみの彫り込まれ彫り師はおのれの名前を彫らず

北斎の吸ひ込むやうな空の青ピカソの沈む青にはあらず

北斎の青の近きを思ひたり大唐西域壁画の青は

忌の家

忌の家に洗濯物の干されをり庭一杯にシーツも混じり

六甲の山に入りゆく陽を見つむこれが地球の回る速さと

天空を追ひ出されたるならずもの日本各地に社を建たす

左手の手袋右にはめられず今日の誘ひもまた断るか

運命のロウソクを吹く神あらばその口塞ぐ神おはさぬか

保険屋のをばさん我のハンコ見て「線が細いね」余計なお世話

投函を忘れて道を戻りたり雨に濡れつつ百メートルがほど

まだ降るなまだ降るなよと帰る路つひに降り出す大粒の雨

新幹線瀬田川渡りてぱりぱりとにはか雨打つ二分がほどを

出張の帰りにわづかの時間あり降りるかどうする瀬田の唐橋

暮れなづむ瀬田の川面にボート漕ぐ声は響けり五月尽日

明日は名古屋

東西に名古屋を離れ暮らしたり電話がたよりの我ら夫婦は

週末の名古屋に落ちあふ妻と我するべきことがそれぞれにあり

車にて山梨までを往復する妻にみやげの「交通安全」

妻の迎へくるる車のなかに聞く一週分の報告と愚痴

毎晩の妻の電話の定期便遅れるときに胸騒ぎあり

「どうですか」「べつに」で始まる定期便変はつた事のないことが良し

毎朝の三十分をウォーキングすると言ひたり電話の妻は

「三枝さんの新聞記事があつたからもつていきます」山梨たより

今日は出た？水曜日には妻の問ふ新聞短歌の我が歌のこと

今週は出たよと妻の川柳の報告のあり弾んだ声の

一週のひと月よりも長きこと思ひつつ寝る明日は名古屋

石山寺

四十年前の記憶の「源氏の間」こんなに小さな部屋でなかつた

伝へらるる石山寺の古すずり陸にかすかなへこみの残る

長等山園城寺へまはる。

ごぼごぼと閼伽井《あかゐ》の底に音のする甚五郎の龍あばれださむや

江田島行

ドアをあけ対向列車をまつ時間潮の香ただよふ水尻《みづしり》の駅

工場の実習せしは四十年前なり当時の呉造船所

あの辺《あたり》か　実習したる工場の記憶をたどるデッキに出でて

実習に削りしギヤは斜歯《はすば》にて係数違へお釈迦をつくりき

指導してくれたる技師はいくたびか大和を語りき誇らぬほどに

江田島の見学者への説明文「特攻隊員の遺書が胸を打ちます」

レコードの肉声の遺書流さるるまへに立ちたり文字を追ひつつ

肉声の遺書にわづかも乱れなし「回天」に乗りし塚本少尉

「回天」の設計技師はいかにして眠りたりしか眠れざりしか

十分の一の大和の下に入る思ひのほかに喫水浅し

薬師三尊

扉より洩れくる光に照らさるる薬師三尊のほほゑみ見たり

暮れ方が一番いいと僧の言ふ薄明かりに立つ薬師三尊

高校の修学旅行に礎石のみの西塔を見き建つと思はず

訪ふまでは伽藍広間のふすま絵と思ひてをりしこの大壁画

好胤管主は見ずに逝きたり絵のなかに永久《とは》に見てゐる一人のをりて

権太坂

花の二区権太坂なり子の家の地図に見つけし楽しみひとつ

子にやらむ蜜柑の鉢を持ち上ぐる揚羽のさなぎ二つのあるを

引越しを終へし息子のマンションの最初の風呂にわれは入りたり

髭の濃き息子に電気シェーバーを送りて三月《みつき》未だ使はずと

丹醸

丹醸をつくりし三代売り継がれ菰樽《こもだる》三つに名前を残す

酒蔵の土間に置かるる菰樽の三つの名前三つの社名

岡田家の酒は「富《ふ》貴《き》長《ちやう》」吉相の文字の三つに願ひのこもる

江戸期には八十余り在りしとふ伊丹の酒造四社の残る

黒光る酒蔵屋敷の梁柱三百余年の重さをたへる

搾らるる最初の酒は「あらばしり」漢字を問へばひらがなと言ふ

酒搾るテコの支点の男柱三尺角の重き柱ぞ

酒を造る道具に楽しき名前ありサル、ネコ、キツネ、スズメにツバメ

江戸の地に伊丹の酒は丹醸と呼ばれ一年二十万樽
衰退のあるから言はるる最盛期あとから言へばもつともらしく

婚姻届

婚姻の届けの署名を娘《こ》に請はれ書きたる文字の不揃ひのこと

婚姻の届けに押さるる娘の判の小さくあれど鮮やかに朱

娘のくれし緑のネクタイいつからか気合を入れるネクタイとなる

アルバムのなかにうさぎをこはごはと抱くおまへのゐて　嫁にゆくのか

「買ひ換へよう」言ひつつ終に買ひ換へずこの食卓を娘は発ちてゆく

今日からは中山絵理子でないと言ふそれでもやつぱり中山絵理子

ほほづきと詠まれし没り日を海に見る娘の結婚式を明日に控へ

娘に添ひてバージンロードを歩み出し式始まりぬ「ゆつくりゆつくり」

泣くものか心の決めて歩きたるバージンロードのその長きこと

誰も居ぬ部屋のキリンのぬひぐるみピアノの下からぢつと見てます

鉢に植ゑし蜜柑の苗に新芽出づ実のなつたなら娘にやらう

再雇用

定年のオリエンテーション女房と喧嘩をしない方法教ふ

定年になつたら名古屋に戻らうと秋空見つつ遂に決めたり

再雇用されたる身なれば給料の明細袋をそろりと開ける

十年を寮に住みきて主《ぬし》となる誰も主とは認めてゐぬが

夕飯に赤ぶだう酒と寿司を買ひ六十二歳を独りで祝ふ

あと一年待てば年金満額のもらへるはずと書類をさがす

単身の十年経ればば洗濯は苦にもならぬがもう戻りたい

転職

延長の雇用終はればその後はシニアと呼ばるる来年四月
延長の雇用されしは二年まへ給料減りたり半分ほどに

日本語に訳せばシニアは年長者　上級者とも訳すはずなり

あと五年働けたらと妻の言ふ　それならやはり名古屋に戻らう

戻るなら名古屋で就職活動をせねばならぬと履歴書を買ふ

先輩より名古屋に帰つて来ないかと転職さそふメールの届く

裏切りはこんなものかと思ひつつ休暇を取りて面接を受く

営業が出来るか問はる　出来ないとふ応へを期待してゐるやうな

ゴルフせず酒を飲まない技術者に営業職の相応しからず

設計の仕事があると友からのメール一通に「お願ひします」

決めたから引き止められても困るけど引き止められない　そんな気のする

後任を決めて引継ぎ終はるまで残つて欲しいと言はれて終はる

さらば十年

荷をすべて積み出し寮の十年を思ひ出したりぽつんと座り

独り居を慰めくれしルノアール、モネを剝がせばうつすらと影

電源を落とせば闇に思ひ出の消えゆくごとしさらば十年

一つづつ鍵を返して残りたる名古屋の家の玄関の鍵

この道にもう来ることのないだらう二《に》十《とを》公園、百合幼稚園

回数券三回分の残りたり最後の阪急電車に乗りて

II

我が家

十年の単身生活終へしのちペースのつかめぬ我が家の暮らし

柿の実のトタンの屋根に落つる音六月尽日夜は更けにけり

戻りたる我が家に続く独り居は妻を待ちゐる時間のはやし

朝刊をくばるバイクの音がする気がかかり減らぬ我を起こして

新しき会社

不具合の対策遅いと叱られてやうやく社員の一人となりぬ

真つ向から我が非を責めくる者なれば分かつてくれると思ひつつ聞く

三週間習ひてCADとふじやじや馬も我の指図をすこしづつ受く

踊り場に降りれば隣の工場の喫煙室見ゆ女がふたり

客先も我も承知の無理談判おとしどころを互ひにさぐる

客先のかつての部下に不始末を詫びたり互ひ見つめあはずに

会社より帰れば足にくつきりと咎うけしごと靴下のあと

人件費削れと言はれパート切りシニアを切りて次は我かも

「中山さん業者を涸らすつもりですか」泣きの入れどやらねばならぬ
風邪をおし出勤すればいつしらに治りてゐたり会社人われ

六十二歳

今宵だす新聞歌壇の詠草にしるす最後の六十二歳

天の川をほんとに星が渡るかと眺めつづけしをさなき日あり

結婚の祝ひにもらひし一組の座椅子のつひにほころびはじむ

若いころ湯たんぽだつたと妻の言ふ我は寒がり六十二歳

心音

丈二尺土台できたり明日よりは娘らの家にも柱の立つか

二ケ月の孫のエコーのプリントを娘は持ち来たりはにかみながら

胎《はら》の児の心音聴きし娘の電話いのちの生くる愛しさ言へり

新しき手帳に大きく朱記したる娘の予定日と新年歌会

会社から支給されたるケータイの最初の通話　無事生れました

我が腕に抱かれ動く小さきもの家族となりてまだ八時間

技術士試験

六十歳《ろくじふ》を過ぎて資格を取るべしと本棚にさがす『制御工学』

液体と気体はおなじ流れにて流体工学ひとくくりなり

読めぬままの『材料力学』一冊が通勤カバンを重くしてゐる

トライすることに今年は意義ありと試験うけたりシャーペン買つて

書いて消しまた書き直す六時間技術士試験にペン胼胝をもむ

落ちただらう最後の一枚書ききれず支離滅裂に字数《じかず》のみ埋む

筆記試験に思ひ掛けず合格。

明け方に論文一箇所気になりて直しはじめる午前四時前

論文の手直しをへて午前五時けふ消印の有効日なり

双六の振り出し今年もう一度筆記試験を受けねばならぬ

論文、面接試験に失敗。

嬰児

嬰児をあやしてやらむとピアノのふた開ければ埃の十余年分

嬰児は初めて犬にさはりたり這ひておもちやを摑むごとくに

嬰児の前におもちやをくはへきて犬は遊べり見せびらかして

犬はよこ幼《をさな》はうしろなかなかに前を向かない雛《ひひな》の写真

松山

手に押して坊ちやん電車の向きを変ふ男三人猛暑に耐へて

正面の顔の見慣れぬ子規なれば坐像をめぐり横顔を見る

大瀬なる郵便局の丸ポスト一日一回の集配のあり

内子なる軒をこて絵の飾りたり練りきり饅頭の鶴亀に似て

左官屋はこて絵を職にせしと言ふ鏝《こて》絵《ゑ》技士とふ資格をもちて

春の兆し

灯を消せば耳の奥よりひこひこと春の兆しの音の聞こゆる

山里の十六羅漢に手を伸べて蔭をつくれりお顔を見むと

ほたほたと飛びたる揚羽うちつけに向きを変へたり春風うけて

ゆくりなく雉にあひたり二、三秒見られてのちはもとの陽だまり

何ひとつ欲しがらざりし妻の言ふ世界一周の船旅したい

失くしたと妻は小さな声で言ふ　僕の結婚指輪があるさ

敷き石

敷き石の間《あひ》に見つけし蟻の巣は崩れてをりぬ夕立のなか

子規庵の縁側ぞひに七本の糸瓜のつるのまつすぐのぼる

ブックオフに歌集買ひたり「謹呈」を挿みしままに開かれざりしを

歌詠みがなんになるかと友の言ふ何にもならないだから詠むのだ

原文を読んでみたしと借りきたり若き日晶子で読みし源氏《げんじ》物語を

「睡蓮」のガラスのなかに男をりぢつと動かず我を見てゐる

間違ひの電話であれと願ひつつ知人に確かむ娘の友の死を

「梅雨に入り」「梅雨まだ明けず」「梅雨明けて」手紙一通出せないままに

炎昼の暑さの残る夕やみに自転車ゆきて風ひとつ立つ

出会ひ系カフェの女の顔を割る駅でもらひしポケットティシュの

前をゆく凸面鏡の真ん中にあつまる街の先頭は我

富士山

逆向きに走る特急富士川号きのふの朝まで戻つてみたし

この雲の中に富士山あると言ふ目を凝らしても山影見えず

富士山の逃げることなどあらねども見えぬ一日腰落ちつかず

休みたるサービスエリアに目をこらす闇に浮かびて黒富士ほのか

沈み行く甲斐の底ひに入りたりかすか残れる紅富士ながめ

雪雲

朝からの風花ちらす雪雲は衛星画像のこのすぢならむ

降りつもる雪に手を入れ大根の太きを探る夕やみのなか

正月の特養ホームに義母を訪ひ帰りの車に無言のつづく

一日を使ひしのちのホッカイロむりやり振つて温さを得たり

ズボン下げ仰向き膝を抱へ込む前立腺の検査を受けて

柿の木の一本取つたと言ふごとくヒヨドリ一羽甲高く鳴く

見つからず五齢幼虫になつたからいいよ揚羽にさせてあげよう

ゆゑもなく心みたせぬ夕暮れのわづかに残る茜ぐも見つ

裕子先生

山梨に帰郷のさなか先生の死を聞きたればブレーキ踏みき

富士川の脇を走りゐき先生の死をラジオにて聞きしその時

へなちよこな恋の歌などやめなさい裕子先生きびしく言ひき

『体力』の書写を始めて鬱がちの心を奮はす写経のやうに

歌がわが心を癒してくれること信じて詠まむ辛ければなほ

Ⅲ

宣告

父の齢《とし》七つを過ぎて癌といふ同じ病の宣告うける

グリーソンスコアは七点　分かるのは初期の癌ではないといふこと

骨シンチ問診票の「同意する」に丸を付けたり付けるほかなく

骨のなかの細胞とつて調べませうパソコン打ちつつ簡潔に言ふ

ゴンゴンと骨に針打つ音を聞く　釘うたるるをキリストはいかに

待たさるる時間に不安の募りたり三ヶ月先の手術となれば

手術

病室に読みたき本を持ち込めり「塔」三冊と『京都うた紀行』

手術まへ陰毛すべて剃りたれば魔羅の小さく萎えてをりたり

陰嚢の裏の毛剃ればひりひりと血の滲みたり　明日は手術

手術は無事終はる。

腹腔の血抜きのバッグ腰に提ぐ瓢箪のごとぶらりぶらりと

傷跡をはじめて見たり臍のした十五センチの大地溝帯

病室に新聞売りの声のする竿を売るごとちよつと間延びの

七階の病室なれば寝ころびて眺める窓に空ばかりある

カーテンの向かうに聞こゆる足音は踵引きずる妻なりきつと

病室に見舞ひに来たる妻の言ふ明るい声にて菜園のこと

病室の窓に激しく降る雪をただ眺めをり妻を帰して

尿取りのパッドの重さ測りたり今日もずつしり百グラム超ゆ

退職

平成二十二年十一月娘が意識を失つて倒れた。

横たはるままの娘を九ヶ月妻と看てをり望みを捨てず

休職のあひだの給与ゼロなればすでに始まる年金暮らし

四ヶ月前に書きたる退職の願ひはわれの抽斗にあり

六ヶ月の休職延長許されて引き止められき　四ヶ月過ぐ

無駄遣ひさへしなければ年金で暮らしてゆけると妻は言ひたり

退職をふたたび決めたり娘と孫の世話するならばほかに道なし

九ヶ月休職すれば引継ぎに渡す資料はファイル一冊

一ヶ月後

今日つひに三社四十三年の会社生活終へてしまへり

新卒の頃より使ひしコンパスと三角定規を袋にしまふ

作業着と安全靴を記念にと貰へど使ふ予定のあらず

会社より持ち帰りたる箱四つ開梱せぬまま部屋に積みたり

十ヶ月休職すれば生活に変はりのあらず職を退きても

をさな

われの持つニイニイゼミに幼子《をさなご》は指一本を触れてみるなり

幼子にピアノの音を聞かせむと一本指の「はとぽつぽ」弾く

庭先にひとつ実りし青トマトをさなはもぎたり止める間もなく

公園の散歩の帰りに拾ひたり団栗十ほど孫の土産に

「ママがいい」をさなは寝言に泣きたれば我らはただに抱きしめるのみ

寝かせむとをさなを抱けばよしよしと我が背《せな》たたくわれを真似して

幼子は我に寄り添ひやうやくに寝つきぬトムとジェリーを抱きて

幼子は寝返りうちてわが脇に転がり来たり母恋ふやうに

幼子は先に起きゐる我を呼びパジャマに戻れと泣き止まぬなり

「おつきさまあたしとあそびたがってる」三輪車を停めをさなの見上ぐ

会ひに来し父との別れをむづかりてをさなは「もつとあそびたかつた」

しやくりあげ父と別れし幼子は「ひとりぽつちでさびしくなつた」

貰ひ泣く我を見つめて幼子はしやくりあげつつ「ぢいちやんはだめ」

幼子はしやくりあげつつ眠りたりわれは抱きてやるほかになし

大丈夫　自分に小さく言ひ聞かせだるさにごろりと横たはりたり

爪のなかに黒き汚れの残りたりをさなに剃きてやりしぶだうの

刻の長さ

一本の飛行機雲のほどけゆく刻《とき》の長さをゆとりと思ふ

三十年《みそとせ》の家族の記憶の滲みこみし厨の壁紙はがされてゆく

下駄箱の隅に古りたる目薬はコロの専用逝きて十年

「もう犬を飼ふのはよさう」と妻言ひき重き骸を箱に入れつつ

詠草を出さむと夜中に裏道を歩けばなにやら盗賊気分

『管理者のリーダーシップ』部屋隅に積まれたるまま十年の過ぐ

廃屋の草むらのなかばうばうとうしがへる鳴く八月真昼

何ゆゑに森尻理恵氏の名前あり夢に見つけし論文のなか

ひつぢ田に昨夜《きぞ》の雨水《うすい》の残りたり畝間に空の青さを映し

戸の向かう妻の電話の声がするやうやく笑ふ声の混じりて

さばいわしうろこの別のわからねばまとめてうろこ雲と言ひたり

赤竜《せきりゅう》や地竜《ぢりゅう》を食べる土竜《もぐら》なり最初に竜と書きし人はや

親の責任

親もとを離れし息子の鯉のぼり向かうの町の迷子となれり

今年こそ結婚せよと思ひつつ五月人形すべてをかざる

金《くがね》にもまされる宝と育てこし子を見よ今日は寿《ことほ》ぎのなか

モーニング着替へて軽くなりしものサスペンダーと親の責任

お雛さま

保育園の帰りにをさなのたづねたり家にお雛さまはあるかと

幼子はこたつの上にたちあがる「ガラガラドン」の小山羊となりて

眠るまで座つて絵本を読むと言ひをさなは抱へ来六冊ほどを

臥すままの娘の回復を祈りつつ飾る人形七段飾り

帰るさにをさなと歌ふ「おひなさま」今朝七段のひひな飾れり

負けん気

我にまだ驚くほどの負けん気の残りてゐたり　アクセルを踏む

池本さん　高安は強くなりましたもうすぐ三役突き押し強く

臍のした十五センチの手術痕に蚯蚓の五匹大小のゐる

手の甲が饐《す》えし林檎の皮のごと抓《つま》めばぺろりと剝がれさうなり

仰向きて歌を記せばボールペンのインク切れたり三首目書けず

遮断機の降りれば揺れの止まるまで向かうの棹の揺れを見てゐる

気がつけば歯を食ひしばる我のゐる寝付かれぬ夜寝足りぬ朝に

定家煮

焼き魚のつづくと言へば妻はけふ鰺の定家煮つくりてくるる

メモにあるもやしを買ひたるつもりなり買ひ物袋に榎茸《えのき》が二つ

キッチンのスポンジ篭の中にあり妻の探しゐし油揚げ二枚

騙されてみるもよからむ新茶とふペットボトルをコンビニに買ふ

いつしらに政治用語の一つなり国語に×《ばつ》を貰ひし「首長《くびちやう》」

ツチノコは蛇でゐて欲し　トカゲとふ説有力と聞けばなほさら

池の辺にマムシがゐます　看板にツチノコのごと描かれてをり

のんびりと生きるは気持ちのよいものと風力発電のプロペラまはる

回送の電車は灯を消し動きだす悲しき企み秘めたるやうに

寺町の幾十あるやこの国に　三月書房は寺町通

借りて来し『わたしはここよ』の中ほどに菓子の食べ滓挟まれてをり

Google Earth を見る。

衛星より見れば岩倉長谷町は午前十一時頃にてあらむ

咲きみだれ揺れてゐるらむあの庭に三人《みたり》の蒔きしコスモス太く

ぢいちゃんママ

幼子はぢいちゃんママと我を呼び今宵も我の布団に入り来

今宵また添ひ寝に『ポニョ』を読み聞かすをさなの寝付くは十一時過ぎ

ペンギンを見に行きたいと幼子は明け方寝ぼけ泣き止まずなり

ぢいちゃんとずつとゐたいと縋りつくをさなをただに抱きしめるのみ

夕飯を食べつつをさなのぽつり言ふここにママがゐればいいねと

じわじわと押しくる夜明けの幼子に布団の端まで退《の》きてやるなり

二週間別れるをさなのぽつり言ふ「ぢいちやんの夢みてしまふかな」

二週間の別れをまへに幼子は「毎日会ひに来てね」と泣けり

のんちやんが居なくて寂しくないのかと妻は問ひたりそりや寂しいさ

幼子の「トイレでうんちができたよ」と電話ありたり大きな声の

縄跳びが十回できたよ見てゐてね　電話に数と音の小さく

幼子は会へばいきなり飛びつきて「今日スイミング進級したよ」

再　発

ＰＳＡ数値の上がり再発を否定せざりき短く医師は

覚悟してをりしといへど再発の宣告受ければ口の乾けり

あらはるるまでは育むごとくなり姿を見せぬ再発の癌

のんちやんの成人式まで十七年生きてをるのか　生きてをりたし

のんちやんと過ごす記憶をどのくらゐ残せるのかとぼんやり思ふ

膀胱の石

一週に膀胱、大腸、胃のなかにカメラ入れられきついよほんと

身のすみに十ミリほどの石のあり砕きませうとあつさり言はる

旅行なら楽しいはずと妻の言ふ入院二泊の支度頼めば

破砕とふ手術に脊椎麻酔受く効くも抜けるも足の先から

待合室の向かうを歩く老夫婦ガラスに映る壁抜けてくる

松ぼつくり

公園にをさなと拾ふ松ぼつくり犬の散歩のバッグにたまる

三輪車抱へをさなの後《あと》を追ふ動物園に階段多し

帰るさに影ふみしつつ幼子は狭き歩道に我を追ひかく

逆上がりする幼子のポケットより小石五、六個ぱらぱらと落つ

汚れたるアンパンマンの水鉄砲捨つれば「ママがくれた」と泣かる

幼子はわが顔のしわ二十本と数へくれたり　そんなにあるか

幼子を叱れば「もうぢいちやんと遊んであげない」べそをかきつつ

幼子は保育園にて覚えくるあや取り、折り紙、ばかとふ言葉

ホッカイロ

期限過ぎ三年ほどのホッカイロ振り続ければかすかに温し

見上ぐれば黒きひらひらひら目交《まなかひ》に白く変はりて降りつづく雪

雪道に細きタイヤの跡二本ふらつきよぢれつづきをりたり

玉柘植に昨夜の粉雪のこりたりガトーショコラの白より淡く

街灯の消ゆる残像閃光となりて朝《あした》の眼《まなこ》を射れり

解剖のごとく秋刀魚の皮を剝ぎ塩焼き一尾食べ始めたり

平成の復元されし「柏木」の光源氏《げんじ》の顔の白透きとほる

一枚となりたる暦に書き込めり歌会三つに源氏、万葉

『桜森』の書写をやうやく終へたれば古人《いにしへびと》の写本を思ふ

事毎に映し出さるる〈検察庁〉金色の文字くすみをりたり

巨峰ジャム

をさなへの昨年の土産は桃バター今年もうまいぞ巨峰ジャム買ふ

のんちやんのこの夏出来たことふたつ自転車乗ること蟬摑むこと

幼子に獲りてやりたるクマゼミは真夜の厨に一声鳴けり

寝る前にしくしくと泣く幼子は「ぢいちゃんしぬとかなしくなるの」

「ぢいちゃんはきのふ絵本を読みながらねてしまつたよ」朝にをさなは

眠さうに絵本を読めば幼子は「ちやんとよんで」と怒り出したり

木蓮に枯葉の二枚残れるを言ひてをさなは園に行きたり

マスクするわれの隣に幼子はマスクし寝ると言ひて離れず

幼子は卵を今日も上手く割りホットケーキを作つてくれる

ブルーベリー

やうやくにブルーベリーの三十粒ほどの採れたり六年経ちて

いちめんの菜の花畑に鬼を見ず子らの歌声聞こえ来るのみ

十字路をレジ袋ひとつ漂へり車と風に揉まれもまれて

風呂敷に道具をつつみ寺子屋へ行くごと習字に通ひ初めたり

「わ」から「う」の十二字けふは書きたれば一つ○《まる》増え四つとなりぬ

床下に細く鳴きゐしこほろぎの今宵はどうした　耳鳴りばかり

家内《やぬち》なる力仕事を妻がする炬燵を出してストーブ出して

横綱の格の足らぬを隣りなる客は鏡に怒《いか》り言ひたり

故郷に「村岡花子展」を見る展示の古地図に我が住みし町

古書店に買ひしみすゞの童謡集仮名を振りたり幼子のため

鯉のぼりに背鰭のあるかと聞かれたりあつた気のするないかも知れず

娘の家に今年も夏の野菜植うともに植ゑしを思ひ出しつつ

地にひびく路面電車はやうやくに姿見せたりのたくるやうに

放射線治療

手術後の三年経ちて癌マーカー数値の上昇止むことはなし

「放射線治療をそろそろ始めませう」ドクターひと言あつさりと言ふ

放射線治療に選んだ画像誘導・強度変調放射線治療《トモセラピー》　不安取り去るやうな響きの

治療受くる時間の選択できざればをさなの迎への時間にかかる

遅迎へになること話せば幼子はちよつと楽しみにしてゐるらしい

通院とふ言葉ををさなは使ひたり妻との会話を聞き覚えしか

日に五分照射を受くるのみなれば残りの時間癌の殖えぬか

祝日と土、日　照射を受けざれば癌の勢ひ盛り返さぬか

見せらるる照射の分布図カラーなれば有限要素法《FEM》の応力図に似る

エレベータ地下二階にて降りる人は癌患者なり我を含めて

毎回の治療を前に「なかやまひろし、ぜんりつせんです」と宣言をする

「ガスがありこのまま治療は出来ません」尿を出さずにガスを出さねば

「蓄尿が足りませんので明日からは水をたくさん飲んでください」

昨日今日水を飲みすぎ耐へ切れず照射終はればトイレに走る

今日もまた尿をためすぎ耐へ切れず漏れ感じつつトイレに走る

蓄尿が上手になつたと褒められて十一回目の照射を受ける

闘ひ

再発の癌との闘ひ始まりぬ負けてたまるか　なあやせ蛙

病には負けてなるかと『萬葉集釋注』買ひて「籠《こ》もよ」から読む

放射線治療の後《あと》の二十日過ぎマーカー数値のわづかに下がる

放射線治療に耐へし癌なればホルモン治療を受けさせてやる

跋

真中　朋久

冒頭、こんな作品からはじまる。

防人はおのれで紐を繕ひしとボタン付けゐる独り居の夜

読み進めてゆけばわかるとおり、中山さんはメーカーの技術者で、この時期は単身赴任で関西勤務。尼崎の寮に住んでいた。私が中山さんとよく会っていたのもこの頃で、京都や大阪の歌会での中山さんは、いかにも技術屋らしく——と思うのは、私自身がメーカーの企業城下町に育ったということもあって親しく感じたのだが——たとえば声の大きさよりも合理性を重視するとか、ひとことで言えば実直という印象であった。

それにしても単身赴任から「防人」を思うということに驚く。出身は山梨県であり、自宅は名古屋。そこからさらに西に、会社の指示によって、家族と離れて生活することになる。万葉時代の東国と筑紫の距離を考えれば、いささかオーバーであるけれど、そこに孤独の深さが滲むのだ。昔ながらの手仕事をしながら、ふと「万葉」の昔に動員された男たちのことを思ったのだろう。

寮なれば野菜の煮付けも煮魚も白湯にすすぎて塩出しをする
洗濯は火曜日がよし寮に住み六年過ぎてこの頃思ふ

寮であるから、食事などは提供される。しかし、味が濃い。若者向けというのか、汗をかく現場の労働者向けというのか。あるいは調理する側として、はっきりした味つけをしないと多人数に提供する料理をこなすのが難しいということもあるだろう。高血圧が気になる年齢になると、どうにも味が濃い。だからといって文句を言うとか、食べ残すとかいうことはしないのだ。

洗濯がなぜ「火曜日がよし」なのか。月曜から週末までの仕事のサイクルということもあるだろう。寮の他の住人の生活パターンということもあるかもしれない。それを「六年過ぎて」というのは、これも積極的に最適解を求めるというより、試行錯誤を繰り返し、経験的な幅のある解決方法を見出してゆくというスタイルなのだろう。けして器用ではないけれど、少しずつ身に着けて、ついに揺るがない。そういう頑固さでもあるかもしれない。

東西に名古屋を離れ暮らしたり電話がたよりの我ら夫婦は

週末の名古屋に落ちあふ妻と我するべきことがそれぞれにあり

車にて山梨までを往復する妻にみやげの「交通安全」

単身赴任にもいろいろあるが、奥様もまた家を離れているらしい。こまごまとした事情については語られていないが、山梨まで往復するというのは、老親の介護などであるのか。とくだん話題のない定期便の電話に、やがて中山さんの短歌や奥様の川柳が新聞に載ったかどうか、というようなことが話題になる。「するべきことがそれぞれにあり」であるけれど、離れているから新鮮なところもあるだろうか。そのあたりの機微というのも、この歌集の味わいのひとつだ。

それにしても、中山さんは四十年ほどの時間を技術者としての仕事に携わってきた。

実習に削りしギヤは斜歯《はすば》にて係数違へお釈迦をつくりき

「回天」の設計技師はいかにして眠りたりしか眠れざりしか

十分の一の大和の下に入る思ひのほかに喫水浅し

呉を訪れたときの作品から。一首めは学生時代の造船所での実習を回想する。「お釈迦」という言い回しが、いかにも昔気質の職人のようである。
呉の名物になっている「大和」の模型や、江田島の海上自衛隊第1術科学校の庭に展示されている、いわゆる「人間魚雷」に対する視点も独特のものがあるだろう。戦争の悲惨さ一般ではなく、一人の設計技師に心を寄せる。「お釈迦」は、軽口の類ではあるけれど、材料のひとつひとつに命を見るもの言いであるし、そもそも人の命を預かる機械をしっかりつくるというのが技術者の良心ということであったはずなのである。当時の技術的達成ではなく喫水の浅いことに驚くのも中山さんらしい。高い位置の艦橋やたくさんの艤装によって重心の高い船体をどうやって安定させるのか、設計者として思考をめぐらせているのだ。

酒搾るテコの支点の男柱三尺角の重き柱ぞ
衰退のあるから言はるる最盛期あとから言へばもつともらしく
浮世絵に絵師の名のみの彫り込まれ彫り師はおのれの名前を彫らず

技術者や職人、そして技術そのものに対する目配りの行き届いた作品は、随所に見出すことができる。はじめの二首は伊丹の酒蔵を見学した折の作品だろう。単身赴任先の尼崎の隣の伊丹市は古くから良い酒がつくられていた土地である。酒蔵の柱が黒光りしているというようなことは誰でも目をとめることだろうが、中山さんの注意は「テコの支点」であることや、柱の太さや重さに向かう。それはたんに職業柄というよりも、ものをよく見ているということなのだ。二首めは少し違う印象だが、日本の製造業の盛衰ということも、その現場にあって肌で感じてきたことだろう。そしてその最盛期もその後も、一人ひとりの、名前をそこに記すこともない職人、技術者が支えているものなのだ。

日本語に訳せばシニアは年長者　上級者とも訳すはずなり
営業が出来るか問はる　出来ないとふ応へを期待してゐるやうな
不具合の対策遅いと叱られてやうやく社員の一人となりぬ

技術一筋の中山さんにも定年や再就職という時期がやってくる。「シニア」と呼ばれながら、給料を減額されながら、再就職先での遠慮のないやりとりを嬉しく思ったりもする。技術畑で会社勤めを続けていれば、よくある場面であるけれど、それがいきいきと描写されている。仕事のほうは、いろいろと行き詰まりを見せているようでもあるけれど、表現はむしろ、のびのびとしてくる。
この歌集の、もうひとつの大きな柱は、中山さん自身の病。そしてお嬢さんの病と、それに伴ってのお孫さんと過ごすことになる日々である。

横たはるままの娘を九ヶ月妻と看てをり望みを捨てず

ご自身の病も相当に深刻なものだが、まだ働き盛りで小さい子どももいるお嬢さんが倒れて、「横たはるまま」に時間が過ぎてゆくことをどのように受け止めたらいいのか。最初の原稿では、横たわるお嬢さんのかすかな変化を固唾を呑んで見守るような作品が数多くあって強い印象を受けたのだが、家族としてはあまりにも痛ましく、歌集に収める作品として残すことができなかったという。いくつかの作品から、そのことは察することができよう。

一本の飛行機雲のほどけゆく刻《とき》の長さをゆとりと思ふ

表題作の置かれた文脈は、直接にはそのこととは関係ないが、それでも自身の歩んできた時間と、家族に流れた時間、目をさますことのない娘を見守る時間を、さまざまに思うのだろう。

「ママがいい」をさなは寝言に泣きたれば我らはただに抱きしめるのみ
幼子はぢいちゃんママと我を呼び今宵も我の布団に入り来
ぢいちゃんとずつとゐたいと縋りつくをさなをただに抱きしめるのみ
のんちやんの成人式まで十七年生きてをるのか　生きてをりたし

はじめのうちは母親の不在を受け容れられなかった幼子も、幼いなりに現実を受け入れようとする。「ぢいちゃんママ」という呼び方がいじらしく、痛々しくもあるが、それはもう抱きしめるしかないのだ。ご自身の病も予断を許さないなかで「生きてをりたし」は痛切であり、力強い。

観察眼がこまやかで、のびのびと歌柄をひろげてきた中山さんである。ここに来てもひるむことはない。

放射線治療に耐へし癌なればホルモン治療を受けさせてやる

巻末の作品の、不敵な面構えを見よ。病などなにするものぞ。どうか少しでも長い年月をお孫さんと過ごし、詠い続けていただきたいと思うのだ。真剣に生きて真剣に詠う中山さんの作品を、多くの人に読んでもらいたいと思うのだ。

あとがき

ようやく第一歌集『刻《とき》の長さ』を纏めることが出来ました。

十七年前、三十年間勤めた名古屋の会社から尼崎の会社に出向になり、退職旅行で中国を旅行しました。その時、万里の長城に行き、こういう所で歌が詠めたらいいなぁと思ったのが短歌を詠み始めたきっかけです。

エンジニアであった私が短歌を詠み始めて十二年になります。受験勉強では、英語を含め、「文」、「語」の付く課目が嫌いで、特に古文が最も嫌いでした。振り返って考えると、そんな自分がよく十二年間、短歌を詠み続けることが出来たものだと思っています。

短歌を作り始めた時は、一首一目、絵の描けるような歌を詠もうと思っていました。そのため、どうしても身の回りのことが歌の材料として多くなり、読み返してみると、歌日記のように歌を詠んでいることに気付きました。

まだ「塔」に入る前、初めて毎日歌壇の河野裕子先生の選に投稿して、旧仮名を直されましたが特選に取って頂きました。この歌集の巻頭歌です。その後、河野裕子先生が「塔」にいらっしゃることを知り、「塔」に入会させていただきました。それ以来、旧仮名で短歌を詠むことにしました。

本歌集は、概ね時系列に沿って編集しました。

Ⅰは、尼崎での単身赴任の時期の歌を纏めました。

Ⅱは、名古屋に戻って再就職をしてから、癌が見つかるまでの三年間の歌です。

Ⅲは、癌の宣告を受けてから現在までの歌です。

Ⅲの時期は、私の癌の発見、再発の宣告を受けたことに加えて、娘が意識を失って倒れ入院することとなり、想像できないような厳しい期間でした。

そのような状況において、歌を詠むことにより何とか自分を支え、励まして来ました。特に、女孫を詠うことにより自分自身を奮い起こして来ました。

娘の入院の歌は、「塔」の中では詠み続けてきましたが、歌集の中で読むことはまだ辛く、歌集から省きました。

歌集の題名『刻の長さ』は、Ⅲの歌の中から取りました。歌集を編みながら、出向、転職、私の癌、娘の入院など、変化の多かった十二年の刻の長さをひしひしと感じています。

歌集を纏めるにあたって、お忙しい中、草稿に丁寧に目を通してご助言を頂き、また、身に余る跋文を賜りました真中朋久先生に心から感謝申し上げます。

三枝昻之氏には、他結社の主宰でありながら、小学校の同級生と言うことで帯文を快くお引き受けいただき、心からお礼申し上げます。

また、「塔」の選者の先生の方々、諸先輩の方々、東海歌会、e歌会の方々には多くのご指導を頂き、心からお礼申し上げます。

また、兎田孝子先生、尼崎市の「あやの会」、日進市の「もくせい」、「三餘の会」の皆様にも多くのご指導を頂き、お礼申し上げます。

最後になりましたが、旧仮名の間違い、ルビのご指摘等、細かいところまで目を通して出版して頂きました青磁社の永田淳様、装幀を担当してくださった花山周子様に厚く御礼申し上げます。

平成二十七年十一月

中山　博史

塔21世紀叢書第280篇

歌集　刻《とき》の長さ

初版発行日　二〇一六年二月二十四日

著　者　中山博史
日進市梅森台四―一六一（〒四七〇―〇一三三）

定　価　二五〇〇円
発行者　永田　淳
発行所　青磁社
京都市北区上賀茂豊田町四〇―一（〒六〇三―八〇四五）
電話　〇七五―七〇五―二八三八
振替　〇〇九四〇―二―一二四二二四
http://www3.osk.3web.ne.jp/~seijisya/
装　幀　花山周子
印刷・製本　創栄図書印刷

ISBN978-4-86198-328-3 C0092 ¥2500E